L'OURS DE COLINE

Martine **PEREZ PLATARETS**
Illustrations de Marion **PALMÉRO**

Remerciements

À mon illustratrice Marion PALMÉRO,
À Sophie PALMÉRO, correctrice et cousine
Aux enfants.

Je me trouve aujourd'hui dans une vitrine. Il pleut. À côté de moi d'autres personnages bougent, dansent, chantent, plus grands ou plus petits. Je mesure vingt centimètres et la jeune dame vient de me jeter dans un coin. Je n'arrive pas à me tenir droit tant je suis souple. Je suis marron avec des yeux noirs. Ordinaire, je n'attire plus personne, je suis démodé, je suis un ours en peluche.

Je regarde autour de moi, c'est bientôt Noël, les enfants se jettent sur les poupées, les gros ours, et personne ne me veut. J'ai envie de pleurer mais je ne le peux pas. Je suis un jouet. En fin de journée, à travers les gouttes et les vitres sales, j'aperçois une petite fille qui s'approche, avec sa grand-mère, de ce magnifique magasin où je gis, prêt à partir au rebut tant je me sens laid. Elle me regarde minutieusement et puis s'éloigne.

Tout à coup elle revient et me fixe dans les yeux. J'ai envie de crier « je suis là ! Prends-moi ! » Mais je ne sais pas parler. Elle tend le doigt vers moi, enfin je crois.

La porte s'ouvre enfin, la clochette retentit. J'entends derrière moi une petite voix fluette demander à la vendeuse de me présenter à elle. Elle essaie de l'orienter vers d'autres jouets, mais non c'est moi et moi seul qu'elle veut. Cet enfant s'appelle Coline. Aussi, après quelques secondes, je sens que l'on me soulève un peu brutalement, un geste de colère, pour atterrir dans des petites mains, des mains si douces. Je la vois. Elle me regarde avec un grand sourire et un petit air triste. Sa grand-mère ne dit rien. Elle tend ses mains vers moi pour me toucher de la tête aux pattes et ses yeux restent fixes. Elle porte des lunettes et ne voit pas très bien.

Coline me prend dans ses bras, me berce, me caresse. Je me sens si bien, je l'aime déjà, elle m'aime, je le sens... La vendeuse veut me mettre dans un sac en plastique. Coline refuse. Elle me tient dans ses bras avec infiniment de tendresse. Pendant que la vieille dame règle mon droit de quitter cette vitrine, ma maîtresse cherche déjà un prénom pour moi. Je m'appelle « David Oliver ».

Enfin nous voilà au chaud. Quelle belle chambre ! Coline a déjà préparé mon lit et commence à me mesurer mais pourquoi ? La voici qui sort des aiguilles et de la laine. Elle me tricote un pull, une écharpe et une couverture. Je n'aurai plus jamais froid. Je reste dans mon lit le temps de son absence pour l'école mais dès son retour je suis le premier dans ses bras et la nuit, je dors auprès d'elle.

Elle me raconte tout ! Ses rires, ses copines, ses colères, et lorsqu'elle pleure, elle me serre à m'en étouffer et je voudrais tant verser des larmes moi aussi...

Une nuit, alors que mon amie pleure, je sens mon cœur qui se met à battre. Une drôle de sensation que je ne connaissais pas. Mes larmes commencent à couler le long de mes joues.

Le pyjama de Coline est humidifié. Aussitôt, elle me regarde et je cligne des yeux. Je vis ! Oui Je vis ! J'ouvre la bouche et mon premier mot est pour elle : « Je t'aime ! ». Coline, un peu effrayée, a un mouvement de recul et soudain ses larmes disparaissent laissant apparaître son si joli sourire. Elle a envie de réveiller tout le monde pour leur annoncer la merveilleuse nouvelle. Non, il ne faut surtout pas, je ne peux m'animer que la nuit tombée et personne ne la croira et je finirai au fond d'une poubelle probablement. Ce secret restera entre nous pour la vie.

Ma nouvelle amie doit partir en colonie de vacances. Et moi ? Sa maman me prend dans ses bras et « aïe », coud mon nom de famille sur ma patte. Alors, je sais que je suis du voyage ! Toutes les petites filles ont leur doudou ou leur poupée dans leur valise et le soir venu, je sors de ma cachette comme les autres pour dormir avec elle dans son lit. Elle m'embrasse, me dit combien je lui ai manqué, me raconte sa journée. Je l'aime, je suis un ourson heureux, je ne la quitterai jamais, moi si ordinaire, celui qu'elle a choisi.

Les années passent, la routine s'installe, sans pour autant oublier de nous confier nos secrets. Coline a grandi, elle doit partir en faculté et me laisser toute la semaine seul au monde avec diverses peluches, qu'elle a délaissées pour moi. Elles me regardent, la nuit elles se mettent même à vivre.

Elles s'approchent de mon petit lit pour me faire du mal, se moquer de moi. Je n'arrive pas à me défendre, je suis si petit et si triste. Les deux poupées, dont une qui parle lorsque Coline appuie sur un bouton, viennent m'égratigner le visage m'arrachant les poils du front et du nez. Elles veulent que je sois laid, que je vieillisse, que cette enfant devenue jeune fille ne m'aime plus.

Ce sont les seules qui vivent uniquement la nuit, pendant un court instant, lorsqu'il n'y a personne...

Les week-ends se font de plus en plus courts, mais Coline est toujours là pour me faire un câlin et dans la semaine, c'est sa maman qui prend soin de moi. Elle aussi me prend dans ses bras, sa fille lui manque tant, elle me parle comme si j'étais elle... Elle pleure parfois me serrant très fort dans ses bras. J'ai tellement envie de la rassurer, de lui parler, mais je ne dois pas révéler ce si précieux secret entre Coline et moi. Elle doit bien lui manquer...

Coline est tant aimée par ses parents ! Parfois sa maman remarque mes plaies. Elle me recoud ou essaie de m'arranger en se posant toutes sortes de questions. Elle fixe les objets et jouets dans la chambre de sa fille en fronçant les sourcils, comme si elle savait. Elle décide de m'éloigner d'eux, de me protéger à son tour et de m'y redéposer le jour de l'arrivée de ma maîtresse.

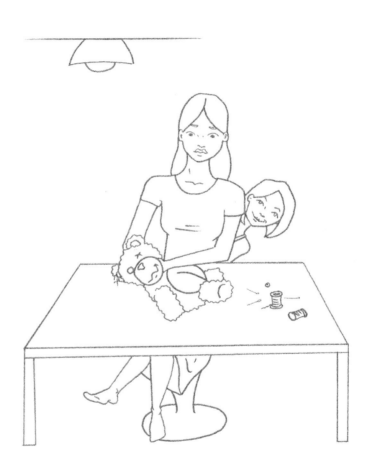

Je n'en peux plus d'attendre. Chaque semaine j'ai l'impression d'exploser et puis une nuit, alors que mon amie dort, des larmes commencent à couler le long de mes joues. À présent, j'arrive à bouger mes petites pattes, à me déplacer et je me blottis contre elle. Je lui chuchote alors à l'oreille : « emmène-moi avec toi, ne me laisse plus seul ici ».

Mon cœur bat de plus en plus fort attendant une réponse de la part de ma jolie maîtresse. M'entend-elle ? Ou dort-elle profondément ? Je me sens un peu vieillir et je ne veux plus rester loin d'elle... Au petit matin, Coline me regarde et entend les quelques derniers sanglots qui me secouent encore. J'ouvre mes petits yeux et je lui souris.

- Mais pourquoi pleures-tu mon petit David ?
- Je ne veux plus être séparé de toi, emmène-moi je t'en supplie.

Coline me prend contre elle, sent mon cœur battre, mon sang circuler, mon corps chaud contre elle. La décision tombe immédiatement. À compter d'aujourd'hui elle m'emmènera partout, même dans son grand sac, je ne tiens pas de place, je suis si petit.

Le départ pour la vie attriste sa maman, qui avait l'habitude de me bercer chaque jour, mais elle comprend ce que nous pouvons ressentir l'un envers l'autre et ne dit mot. Aussi, chaque soir nous fêtons ses victoires, ses épreuves jusqu'à la fin de ses études. Coline sera secrétaire. Elle vient de rencontrer son prince charmant, un gentil garçon, qui ne dit rien sur ma présence permanente dans son sac.

La mariée est belle ! Je l'admire du haut de mon étagère. Son fiancé me trouve rigolo, oui il a même dit « drôle ». Ils n'ont pas l'intention de me laisser. Mais encore faut-il qu'elle lui annonce notre secret, car aujourd'hui, grand jour pour eux, il va falloir qu'il sache que je ne suis pas un ourson comme les autres.

Je sais rire, pleurer, marcher, sauter, applaudir, crier, le jour comme la nuit. Comment va-t-il le prendre ? Va-t-il m'aimer encore, moi le petit ours rigolo ? « Plus tard » me confit Coline. D'abord le mariage, ensuite nous verrons. Le mariage terminé, me voici dans son sac direction une nouvelle vie pour elle, pour lui, pour moi.

Et pourtant... Une nuit en fermant les yeux, j'ai fait un rêve étrange. Un vieil ours me parle et me dit : « si tu n'es plus aimé tu vas vieillir ». Je me réveille en sursaut. J'ai très peur. Je ne dors plus avec mon amie.

Je suis dans mon petit lit. J'essaie de me lever et mes articulations commencent à me faire un peu mal. Je n'ai plus droit au gros câlin du soir et à la chaleur de ma maîtresse.

Tant pis, ils sont si beaux, ils s'aiment tant ! Je sacrifierais ma vie pour le bonheur de Coline. Je ne suis qu'une simple peluche après tout...

Mais un soir, alors que mon corps se fait de plus en plus douloureux, Coline me prend dans ses bras et me berce tendrement.

« Pardon mon ourson, pardon de t'avoir laissé de côté quelques temps. Bientôt tu ne seras plus jamais seul, car dans quelques mois j'aurai un bébé et tu ne le quitteras jamais. Il faudra que tu le surveilles et ton secret sera révélé ».

Quelle merveilleuse nouvelle. Vais-je me remettre à vivre comme avant ? Depuis cette conversation, le secret a été levé sous le regard stupéfait de son mari Jean qui lui aussi a su prendre soin de moi. Je vais enfin rajeunir, redevenir le bel ourson... Plus le ventre de Coline grossit, plus je revis. Je vais avoir enfin un nouvel ami !

Le jour où le petit garçon nommé Louis nait, toute la famille est en effervescence. Du voyage dans la valise, je retiens ma respiration pour ne pas crier de joie à la vue de ce si beau bébé !

Ma jeunesse est revenue, Louis ne me laisse jamais, il m'aime comme ses parents. Nous jouons ensemble, ma vie recommence ! Je lui parle doucement, lui chante des chansons, mon cœur bat normalement et mon corps est à nouveau chaud. Je ris, je pleure de joie !

Aujourd'hui j'ai trois amis et je suis en vie !

Printed in Great Britain
by Amazon

69717252R00020